Samuel Boyer

Same 1 boy

LA CHASSE
AU JAGUAR

L'auteur : Yves-Marie Clément a beaucoup voyagé. Après dix ans passés en Guyane, il est venu s'installer en Ardèche avec sa petite famille. Auteur de plus de cinquante ouvrages, il s'intéresse particulièrement aux relations de l'homme avec la nature ainsi qu'aux civilisations premières.

L'illustrateur : Riad Sattouf, né en 1978, a vécu son enfance en Algérie, en Libye et en Syrie, avant de retourner en France. Après des études d'arts appliqués et de cinéma d'animation, il réalise des bandes dessinées. En 2003, le premier volume de sa série BD *Les pauvres aventures de Jérémie* est paru chez Dargaud, et *Le manuel du puceau* chez Bréal jeunesse.

Pour Eugène et Théophile

© Bayard Éditions Jeunesse, 2004
3, rue Bayard, 75008 Paris
ISBN : 2 7470 1267 0
Dépôt légal : mars 2004
Loi 49-956 du 16 juillet 1949 sur les publications destinées à la jeunesse
Reproduction même partielle interdite
Imprimé en Allemagne par Clausen & Bosse.

LA CHASSE
AU JAGUAR

Yves-Marie Clément

Illustré par Riad Sattouf

BAYARD JEUNESSE

1
UNE ÉTRANGE INFORMATION !

Je me suis réveillée au petit matin alors que les dernières étoiles de la nuit scintillaient encore au-dessus de notre petit village brésilien de Parama.

Il est huit heures... Un vent chaud et humide balaie les ruelles de terre rouge. La télé ronronne dans notre baraque au toit de tôle. Papa écoute les nouvelles en buvant son café.

« Les hommes de Jorge Caboclo, responsables de plusieurs pillages dans le nord du Brésil, ont été repérés dans la région de Macapa… »

La photo du bandit apparaît à l'écran. Assise au bout de la table devant mon château de cartes, je me tourne vers papa.

– Tu le connais, Jorge Caboclo ?

Papa secoue la tête, ses longs cheveux noirs et bouclés ondulent sur la peau mate

de ses épaules. La lueur de la télé se reflète dans ses yeux.

– C'est un ancien capitaine de l'armée brésilienne qui écume le pays avec sa bande, m'explique-t-il. Il vole les paysans puis il se cache dans la forêt. On raconte même qu'il enlève des villageois et qu'il les envoie travailler dans des mines d'or.

Je pose la main sur ma bouche.

– Comme… comme esclaves ?

– Oui, ma chérie. Et voilà qu'il ne se trouve pas loin de chez nous.

– Mais où se cache-t-il ?

– Une partie de sa bande occupe l'ancien campement des forestiers, au nord du fleuve São Francisco.

– Alors, les gendarmes vont les arrêter ? Papa me sourit.

– Pas pour le moment. Ce qui les intéresse, c'est de prendre en flagrant délit leur chef, Jorge Caboclo en personne !

Papa se lève et sort de la case :

– Au fait, j'ai entendu les chevaux cette nuit.

Les chevaux... En ce moment, ils sont parqués près du village, dans la prairie du plateau des ananas. On l'appelle ainsi parce qu'autrefois on y cultivait ces fruits en grande quantité. Aujourd'hui, on y élève des vaches et des chevaux pour le compte d'Emiliano da Silva, un riche propriétaire qui possède toutes les terres de la région. « Même le village lui appartient... », grogne parfois papa.

– Une jument a sûrement pouliné. Tu devrais aller faire un tour à la prairie avec ton petit frère !

Je bondis de ma chaise. Le château de cartes s'écroule. Je pousse la porte de la chambre commune : un rayon de lumière éclabousse les cloisons de bois. Les hamacs des parents et le mien pendent. Seul celui de José est rebondi comme une grosse noix de coco.

– Debout ! m'écrié-je en le secouant.

Mon petit frère s'assied d'un bloc et manque de tomber. Il a horreur d'être réveillé en sursaut. Je le sais...

– Tu pourrais t'y prendre en douceur, non ?

Il a déjà huit ans, mais je trouve qu'il a encore une figure de bébé avec ses joues toutes rondes. Le regard perdu dans les rêves de la nuit, il s'extirpe du hamac en

passant la main dans ses cheveux en bataille.

Je lui souris pour me faire pardonner.

Au même moment, Pinto, notre chien, déboule dans la chambre, lui saute dessus et jappe en lui léchant le visage. Pinto, c'est un grand chien plein de poils. Comme tous les bâtards, il est très affectueux.

José le repousse gentiment :

– Laisse-moi, Pinto… Je ne suis pas encore réveillé !

Puis il me jette un regard noir.

– Franchement, je te déteste, Manuela !

– Oh, tu exagères ! J'ai quelque chose d'important à te dire. Il y a eu une naissance à la prairie, cette nuit !

La nouvelle lui fait l'effet d'un coup de fouet. Il bondit de son hamac en criant :

– Ouais, génial !

Il se débarbouille en vitesse, et nous sortons de la case.

Dehors, maman vient d'allumer le feu

pour cuire des galettes de manioc. Le bois crépite ; les flammes montent haut.

La chaleur est à peine supportable.

– On va au plateau des ananas, maman !

Elle ôte son chapeau de paille, s'essuie le front avec une petite serviette et soupire :

– Faites bien attention aux serpents, les enfants !

La semaine dernière, l'oncle Henrio a été piqué au pied par un serpent corail. Heureusement, il est tiré d'affaire… mais il est toujours en observation à l'hôpital de Macapa.

– Ne t'inquiète pas, on sera prudents, lui répond José en ramassant un bâton près du feu.

Nous partons sur la petite piste avec Pinto qui court entre les arbres gigantesques de la forêt, en direction du plateau des ananas.

2
La chasse est ouverte

C'est le début de la saison des pluies. La chaleur poisseuse nous colle à la peau. De temps en temps, José tape le sol de la pointe de son bâton, histoire d'effrayer les crotales et autres serpents qui auraient pu s'endormir sous un tas de feuilles mortes.

Le nez en l'air, j'essaie de repérer la bande de singes tamarins[1] qui a élu domi-

---

1. Tamarin : petit singe qui vit dans les arbres.

cile près du village depuis plusieurs semaines.

Ravi de la balade, Pinto tente d'attraper les papillons qui volent au-dessus de la piste. Mais c'est un vieux chien, les insectes sont chaque fois plus rapides que lui.

Soudain, on entend des craquements et des voix. José s'arrête net. Trois silhouettes armées de fusils marchent vers nous d'un pas pressé. Je reconnais le senhor Machado, le

maire du village, et deux autres villageois.

– Vous rentrez de la chasse ? leur demande José.

Le visage du senhor Machado se referme comme s'il était arrivé un malheur. Il hoche la tête, ses lèvres tremblent.

Je retiens ma respiration. Qu'a-t-il bien pu se passer ?

– Un jaguar a attaqué les bêtes cette nuit, déclare-t-il.

C'était donc ça, les bruits que papa avait entendus !

Je balbutie :

– Il a tué des… des…

Mais les mots restent coincés dans ma gorge. Le señhor Machado me regarde, l'air désespéré, et lâche :

– Il a emporté quatre poulains.

José hoche la tête. Nos poulains ! Ils étaient adorables. On avait assisté à leur naissance quatre mois plus tôt et on venait souvent les voir avec José.

– Ce n'est pas juste, marmonne mon petit frère.

Je n'arrive pas à y croire. Je suis en colère et j'ai aussi envie de pleurer. Le maire pose affectueusement la main sur mon épaule.

– Il ne faut pas rester là, les enfants. Ça pourrait être dangereux ! Rentrez avec nous.

Nous les suivons, le cœur serré, jusqu'au village.

– C'est la troisième attaque du jaguar cette année, explique le maire. Et, chaque fois, il faut rembourser les animaux perdus à Emiliano da Silva ! Si ça continue, nous serons endettés pour des années ! Ce soir, je vais réunir le conseil.

Il crache par terre et ajoute :

– Nous devons prendre une décision.

À la nuit tombée, une grande agitation règne à Parama. Le maire a rassemblé les villageois dans la grande case centrale du village, juste à côté de chez nous. Le ton monte parfois, et je n'arrive pas à trouver le sommeil. José, lui, dort à poings fermés.

Je ne cesse de penser à nos poulains. Je les revois tous les quatre gambader dans la prairie, se poursuivre, faire de folles ruades pour chasser les taons. Ils s'appellent Branco, Maio, Volta et Floresta. Mon préféré, c'est Branco. Je devrais peut-être dire

« c'était ». Mais je ne peux pas m'y résoudre. J'essuie une larme.

Soudain, la porte de la maison s'ouvre. Je me redresse dans mon hamac : papa est de retour.

Il ôte ses sandales et entre sur la pointe des pieds.

– Tu ne dors pas, ma chérie ?

– Je n'y arrive pas.

Maman se lève à son tour.

– Alors, Roberto ? fait-elle, inquiète.

– Nous partons demain pour une grande battue. Le maire veut en finir avec le jaguar.

Le lendemain, les hommes armés de fusils discutent près du feu, où mijote une grande marmite de jus de manioc.

Le maire rappelle les consignes :

– Nous allons progresser par groupes de trois ou quatre. N'hésitez pas à faire du bruit afin de débusquer ce diable de jaguar.

D'un geste vif, il écrase une punaise qui s'est posée sur sa jambe et se tourne vers mon frère et moi :

– Vous ne devez sous aucun prétexte vous éloigner de votre père.

Ça ne lui plait guère que deux enfants participent à la battue. Mais depuis que nous sommes petits, papa nous a toujours emmenés avec lui en forêt pour pêcher ou chasser.

21

– Ce fauve est un tueur ! ajoute le maire.

– Le jaguar n'attaque jamais l'homme ! lui fait remarquer José. Papa nous l'a dit.

Notre grand-père, le père de papa, était indien. Dans sa tribu, le jaguar est considéré comme un animal sacré. Papa y croit aussi ; il respecte les légendes indiennes.

Le maire, lui, ne croit pas à ces histoires. Il pointe son fusil vers la forêt d'un geste menaçant.

– Ce jaguar est une bête dangereuse. Il faut nous en débarrasser coûte que coûte.

La voix de papa s'élève alors :

– Quatre poulains en une nuit ! Comment peux-tu être sûr qu'il s'agisse d'un jaguar ?

– Nous en avons déjà discuté hier au conseil. Quel autre animal aurait pu traîner quatre poulains dans la forêt ?

Papa n'ajoute rien. Je sens bien qu'il ne partage pas le point de vue du senhor Machado.

Un autre homme s'adresse à lui :

– Souviens-toi, l'année dernière, Roberto… On a retrouvé un veau d'au moins cent kilos dans les plus hautes branches d'un arbre. Il n'y a qu'un jaguar pour faire une chose pareille !

– C'est exact. L'auteur de ce méfait était un vieux mâle, mais il a été abattu peu de temps après ! Mais qu'un seul jaguar enlève quatre poulains, ça me paraît impossible.

Un murmure parcourt l'assemblée.

– Il faut tuer ce jaguar, lance l'un de nos oncles.

– Il a raison ! crie un autre.

Les hommes sont excités par la chasse qui s'annonce. Tous ont envie de retrouver le tueur et de le punir, tous veulent la peau du jaguar.

– Allons-y ! ordonne le maire.

Maman nous a rejoints. Elle nous embrasse sur le front et confie un sac à José.

– Tenez… Pour quand vous aurez faim !

Pinto jappe ; il est prêt à partir.

– Non ! Toi, tu restes là ! s'exclame-t-elle. Tu es trop vieux pour la chasse au jaguar !

Je lui gratte le dos ; il adore ça. Il remue la queue et, docile, file s'allonger devant notre case.

Papa vérifie la sécurité de son fusil, et nous nous engageons sur le sentier, le maire en tête.

3
UNE RENCONTRE INQUIÉTANTE

Coupe-coupe à la main, nous marchons depuis deux heures, nous frayant un chemin dans l'épaisse végétation.

José, papa et moi longeons les rives du fleuve São Francisco.

À notre approche, un vieux tatou aux écailles grises s'enfonce dans son terrier, une biche cariacou tourne la tête vers nous et s'enfuit sans le moindre bruit.

Les autres groupes progressent sur notre

gauche. Bientôt, on ne les entend plus. Au-dessus de nos têtes, les singes et les oiseaux sautent et volent de branche en branche, criant pour donner l'alerte aux autres habitants de la forêt. Trois magnifiques *Morphos*, ces papillons aux ailes d'un bleu étincelant, volent devant nous comme s'ils nous montraient le chemin.

Papa tient fermement son fusil. De son père, il a aussi hérité des talents de chasseur, et rien ne lui échappe. Il peut suivre la piste d'un animal pendant des heures sans jamais la perdre.

Il fouille la végétation du regard, inspecte les souches creuses où pourrait se cacher le fauve, scrute la cime des arbres. Il sait que les jaguars sont de sacrés grimpeurs, capables de rester des heures dans un arbre à l'affût d'une proie. Chaque fois qu'il s'arrête, je retiens mon souffle.

Soudain, une bête se dresse à gauche de José, qui pousse un cri. Je recule ; mais c'est juste un tamandua, surpris dans son repas de termites. L'impressionnant fourmilier au pelage roux fouette l'air de ses griffes menaçantes, puis file se réfugier dans le sous-bois.

– À l'avenir, sois plus prudent ! s'exclame papa. Ce tamandua aurait pu t'attaquer et te blesser. Heureusement, il a eu plus peur que toi !

Un peu plus loin, je repère le tronc d'un arbre lacéré par un fauve.

– Regardez !

– Bien vu, Manuela, me félicite papa en observant longuement les traces de griffes. Notre jaguar est passé par là !

– Depuis le début, tu n'y crois pas, toi, à cette histoire de poulains dévorés par le jaguar, hein, papa ?

– Non. Un jaguar adulte peut tuer et traîner un poulain sur des centaines de mètres. Mais quatre en une seule nuit, ça ne s'est jamais vu ! De toute façon, je me suis rendu à l'aube au plateau des ananas, et il n'y avait aucune trace de félin.

– Mais alors, qui a pu faire ça ?

Papa hausse les épaules.

– Je ne sais pas trop. En revanche, j'y ai repéré des empreintes de pneus récentes. À mon avis, c'étaient tout simplement des voleurs de bétail !

– Ce pourrait être les hommes de Jorge Caboclo ?

– Pourquoi pas !

– Et tu n'en as pas parlé au maire ?

– Si, mais il n'a rien voulu entendre !

Tout à coup, une forte odeur emplit l'air.

Je fais la grimace. Papa s'arrête, la main tendue vers nous pour nous signaler un danger :

– Il est là ! Il a marqué son territoire avec son urine.

– Tu crois qu'il nous a repérés ? s'alarme José.

Les buissons commencent à frémir, des branchages craquent devant nous. Mes jambes tremblent.

Soudain, la silhouette du félin surgit entre deux arbres, puis se fige à quelques pas de nous. Le silence devient encore plus menaçant. Le jaguar nous jauge, s'apprêtant à bondir. La forêt tout entière se referme sur nous comme un piège mortel.

José bredouille :

– Le… le jag…

Le grondement rauque de l'animal me paralyse.

D'une démarche lente, le félin se dirige maintenant vers nous. Ses muscles roulent sous sa peau tachetée. Le voilà qui feule en secouant son énorme tête armée de crocs impressionnants.

J'ai l'impression que je vais m'écrouler sur place. J'ai la gorge sèche.

Les mains de papa ne tremblent pas. Il relève lentement la pointe de son fusil. Je suis fascinée autant que terrifiée. J'attends le coup de feu qui nous sauvera la vie. Mais, en même temps, je ne veux pas que papa tue le jaguar.

Notre face à face avec le fauve semble durer une éternité. L'animal tourne sur lui-même en donnant des coups de patte vers nous.

– Tout doux ! murmure papa.

Le jaguar ne veut pas céder. Alors papa

dirige son fusil vers le ciel et tire en l'air. Effrayé, le fauve décide enfin de capituler.

Il fait demi-tour et s'enfonce dans les touffes de fougères géantes et de balisiers.

Je soupire, soulagée que papa ait épargné le félin. Pourvu que d'autres chasseurs ne croisent pas le chemin du maître de la jungle !

— Tu l'as laissé partir ? s'étonne José.

– Oui, ce jaguar n'est certainement pas notre tueur, lui répond papa.

Il éjecte la cartouche brûlée et ajoute :

– Une légende indienne dit que le jaguar est reconnaissant. Nous lui avons laissé la vie sauve, il nous le revaudra !

– Comment tu peux le savoir, papa ? demande mon petit frère.

– C'est comme ça. Désormais, l'esprit du jaguar nous protégera.

Je pense à nos poulains. S'ils ont été volés, ils sont sûrement vivants. Sont-ils captifs des hommes de Jorge Caboclo ?

Nous avons eu notre dose d'émotions pour la journée. Papa pose son fusil contre le tronc d'un arbre balata, dont la sève élastique coule par les blessures naturelles de l'écorce.

– Faisons une halte avant de rentrer au village, suggère-t-il.

Il sectionne une liane à eau avec son coupe-coupe. J'avale goulûment le liquide frais et abondant. Puis papa fend en deux le tronc d'un jeune palmier pour en extraire le cœur.

José ouvre le sac de nourriture. Il en sort une main de bananes et de la semoule de manioc. Nous nous installons sur une souche pour manger.

4
Au cœur de la jungle

Le ciel se couvre de lourds nuages qui s'accumulent au-dessus des arbres.

– J'adore le cœur de palmier, s'enthousiasme José en se léchant les doigts.

Entre deux bouchées, il me demande :

– Tu crois que le jaguar va veiller sur nous, maintenant ?

– Je n'en sais rien…

– Moi, je suis sûr que oui, dit-il, le regard brillant. Désormais, nous sommes sous sa protection ! Nous sommes les maîtres de la jungle ! Plus rien ne peut nous arriver !

Pendant que nous discutons, une colonie de fourmis rouges sortie de nulle part vient récolter les miettes de notre repas.

Soudain, des voix filtrent à travers le rideau végétal.

Papa redresse la tête.

– C'est sûrement d'autres chasseurs, chuchote José.

– Ce n'est pas possible, nous sommes les seuls dans ce secteur, explique papa. Mais ce sont peut-être des pêcheurs…

Il hésite, puis reprend :

– Ça vient du fleuve. Je vais voir. Attendez-moi là, les enfants. Surtout, ne bougez pas !

Après avoir ramassé son fusil, papa se dirige vers la plage. Le São Francisco est à une centaine de mètres de là.

En voyant Papa s'éloigner, j'ai un étrange pressentiment.

Bientôt, il disparaît dans l'épaisse végétation. Je tends l'oreille : seul me parvient le bruit furieux de l'eau. Pendant la saison des pluies, le fleuve est souvent en colère.

José s'installe contre le tronc d'un arbre et sifflote l'air d'une chanson apprise à l'école. Une gigantesque mante religieuse se pose devant moi et s'apprête à attraper une sauterelle avec ses pattes armées de griffes. Elle prend son temps pour être sûre de ne pas rater ce repas.

– Mais pourquoi il ne revient pas ? s'impatiente José. J'ai peur…

– Ne t'inquiète pas, l'esprit du jaguar veille sur lui.

– Tu es bête…

Pauvre José ! Je comprends qu'il ait peur. Même si j'essaie de ne pas le lui montrer, je suis inquiète, moi aussi.

– Allons voir ce qu'il fait, me propose-t-il.

– Nous avons promis de ne pas bouger.

– On peut aller jusqu'à la plage sans se faire remarquer…

– Arrête, José. C'est non !

Un puissant grondement de tonnerre roule à travers la jungle, faisant vibrer les feuillages. Je tends l'oreille, guettant des bruits du côté du São Francisco. Mais je n'entends rien d'autre que le crépitement de la pluie dans les feuillages.

Et papa qui n'est toujours pas là ! Si ça se trouve, le jaguar n'est pas loin. Je ne suis pas rassurée. Moi, la légende indienne, je n'y crois pas trop !

Pendant ce temps, ma mante religieuse a saisi sa proie et commencé son festin.

De gros nuages noirs nous surplombent. Il fait sombre. Une rafale de vent agite les branches des arbres et les feuilles des palmiers. La forêt craque autour de nous, menaçante.

L'attente est insupportable. José me jette un regard suppliant. Il meurt de peur !

Tout à coup, j'aperçois le jaguar. Il est là, il nous observe… Des cris retentissent brusquement. C'est la voix de papa. Un coup de feu éclate sur la plage.

José hurle :

– Papa ! Papa !

Les jambes flageolantes, je cours aussi vite que je peux vers la berge. José galope derrière moi. Les fougères géantes me fouettent le visage et je me prends plusieurs fois les pieds dans des racines ! Bientôt, j'enjambe une arme abandonnée par terre. Le fusil de papa !

Un moteur de bateau démarre, aussitôt couvert par un concert de cris de singes et d'oiseaux.

À bout de souffle, j'arrive sur la plage de sable et de rochers. Le bateau se trouve à une vingtaine de mètres de la berge. Deux hommes en treillis maintiennent papa dans l'embarcation. Un autre à la barbe grise manœuvre la barque.

– Papa !

Mais il ne m'entend pas. Je me laisse tomber sur les genoux, impuissante. José me rejoint. Il a ramassé le fusil de papa. D'un geste nerveux, je le lui arrache des mains et fais basculer le canon en tremblant. L'une des cartouches a été tirée : papa a donc cherché à se défendre !

– Pa… papa ! se lamente José. Pourquoi l'ont-ils enlevé ?

Je bredouille :

– Je ne sais pas, José. Il a peut-être vu des choses qu'il n'aurait pas dû voir…

Je me souviens de notre conversation avec papa hier au sujet de Jorge Caboclo et de ses hommes. L'ont-ils kidnappé pour le faire travailler dans une mine d'or ?

Les premières gouttes martèlent les feuillages puis une pluie torrentielle s'abat sur la forêt, noyant l'appel des grenouilles arboricoles, des oiseaux et de tous les autres animaux.

La voix de mon petit frère se fait plaintive :

– Qu'est-ce qu'on va devenir ?

Inutile de crier au secours. Avec le vacarme de l'orage et de la pluie, personne ne nous entendrait.

– On a le fusil ! dit José. Si tu tires, les chasseurs du village vont…

Je l'interromps :

– Il y a déjà eu un coup de fusil et personne n'est venu.

– Essaie quand même, supplie-t-il.

– Je préfère ne pas gâcher nos cartouches. Imagine qu'on ait besoin de se défendre.

– Tu ne sais pas viser !

– Papa m'a appris, qu'est-ce que tu crois ?

Je lui mens : je ne veux pas le décourager.

– Alors, retournons au village, propose-t-il.

– La nuit va tomber. Ce serait de la folie ! On risque de se perdre dans l'obscurité. Attendons plutôt le jour.

C'est la première fois qu'on va dormir dans la jungle. Papa raconte que les Esprits des bois sortent de leur cachette au crépuscule pour effrayer les chasseurs surpris par la nuit.

J'essaie de ne pas y penser.

L'averse crépite sur le sol, provoquant des coulées de boue mêlées de feuilles mortes qui creusent des ravines entre les racines des arbres.

Nous nous installons sur un promontoire, dans les replis des racines gigantesques d'un fromager.

À l'aide du coupe-coupe que papa nous a laissé, nous fabriquons un toit en feuilles de palmiers et de balisiers pour nous protéger au mieux de la pluie.

José se serre contre moi. Je tiens le fusil près de moi et regarde l'eau glisser le long du canon. Mon petit frère s'endort.

Je suis à l'écoute du moindre bruit. Nous sommes sur le territoire du jaguar. Pourvu qu'il ne nous rende pas une visite nocturne !

L'orage finit par se calmer. La jungle reprend vie : une chouette s'envole au-dessus de nous et plane entre les branches. Le ciel se dégage, la lune ronde et luisante donne aux arbres un aspect fantomatique.

Enfin, assommée par la fatigue, je m'allonge contre José et me laisse emporter par le sommeil.

5
MERCI, PETIT FRÈRE !

Les cris des singes hurleurs me réveillent. La fraîcheur de l'air me fait frissonner. Je me tourne vers José : il n'est plus à côté de moi ! Je sors en hurlant de notre cachette :

– José ! José !

– Arrête, je suis là ! fait une voix dans mon dos. Je suis juste allé couper un jeune palmier pour le petit déjeuner !

Ça tombe bien, j'ai faim et soif. Soulagée, je m'assieds sur une racine.

– J'ai rêvé du jaguar, me raconte José. C'est… c'est à cause de lui, tout ce qui nous arrive.

Moi, je suis sûre qu'il a rôdé autour de notre fromager, cette nuit, et je commence à croire qu'il a décidé de nous protéger, comme le jaguar de la légende. Mais je n'ose pas l'avouer à José.

Pendant qu'il découpe le tronc fibreux du palmier, je tente de trouver une liane à eau ; en vain : je n'ai pas encore l'œil averti de papa. Nous allons boire l'eau du fleuve. Je remplis mes mains et avale le liquide tiède et pas très clair.

Notre petit déjeuner terminé, José me demande :

– Alors, qu'est-ce qu'on fait ? On retourne au village ?

L'orage de la veille a ravagé le sol, faisant disparaître les marques de notre passage.

Je lui réponds :

– J'ai peur de ne pas retrouver le chemin.

Et maman ne serait pas contente si je te perdais dans la jungle !

José hausse les épaules.

– Et si on restait là ? Ils finiront bien par venir nous chercher, tu ne crois pas ?

– Tu oublies que papa est en danger ?

José s'impatiente :

– Alors, qu'est-ce que tu décides ?

J'ai soudain une idée :

– On va suivre la berge du fleuve !

– Pour aller où ?

– Vers le nord, il y a l'ancien campement des forestiers. C'est là que les bandits ont leur base.

– Qu'est-ce que tu en sais ? s'étonne José.

– C'est papa qui me l'a dit… Si nous marchons bien, nous y serons avant ce soir. Et là-bas, il y a une piste qui mène au village.

Mais José n'est pas convaincu.

Il regarde en direction de la rive du fleuve São Francisco.

– On ne peut pas avancer sur la berge.

– Au contraire, de ce côté du fleuve, il y a de nombreuses plages et des rochers. Nous n'aurons pas besoin de nous frayer un chemin au coupe-coupe.

Je ne suis pas bien sûre de moi. Mais on ne peut pas laisser tomber papa.

– Alors, petit frère ?

José acquiesce d'un mouvement de la tête.

Le fusil en bandoulière, j'ouvre la marche.

Le fleuve a grossi durant la nuit, grignotant une partie du rivage. Les flots tumultueux charrient des branchages. Des traînées de brume flottent au-dessus de l'eau. Et les rochers ralentissent notre progression.

– Heureusement que tu m'avais dit que ce serait facile ! se plaint José.

– Ça sera peut-être mieux plus loin !

À notre approche, une bête se jette dans l'eau. Je reconnais la queue d'un grand caïman.

Un instant, je regrette d'avoir choisi de passer par là. Les rives du fleuve sont le repaire des caïmans et des anacondas géants. Je prie pour que nous ne fassions pas d'autres mauvaises rencontres !

José commence à fatiguer. J'entends sa respiration haletante dans mon dos. Je m'arrête un petit moment pour le laisser souffler, et j'en profite pour observer le paysage. Sur notre droite, les immenses arbres de la forêt sont espacés, et le terrain paraît plus facile. Je décide de passer par là.

Je jette un coup d'œil derrière moi. Les rayons du soleil scintillent à la surface du fleuve. Au bout d'un moment, José me sourit, il a récupéré des forces :

– C'est reparti !

Tandis que nous avançons entre les troncs d'arbres élancés, un grognement me fige sur place. Le jaguar est près de nous. Je devine sa présence dans la végétation. Mais je ne le vois pas. Pourquoi nous a-t-il suivis ?

Soudain, José me saisit le bras. Ses yeux exorbités fixent une tache brune sur le sol.

– Un ja… jararaca !

Le seul nom du serpent me donne des frissons. Je recule d'instinct. Ma main tremble. En grognant, le jaguar aurait-il voulu nous avertir du danger ?

Je fouille le sol du regard pour repérer le crotale. Je sais que sa morsure est mortelle ! Mais, à mes pieds, je ne distingue qu'un amas de feuilles mortes.

C'est alors que la tache se déroule en se déplaçant vers ma jambe. Le jararaca ! Il mesure au moins trois mètres. Le sang bat dans mes tempes. Il s'approche, se propulsant vers moi par à-coups. L'esprit engourdi, je ne pense même pas à utiliser mon fusil.

À présent, le crotale est dressé juste devant moi.

Je suis paralysée. Le serpent ouvre la gueule et s'apprête à frapper. Heureusement, José a saisi une branche et repousse le reptile en le frappant d'un geste vif.

L'animal sort sa langue plusieurs fois. Son cou se rétracte, il hésite.

Finalement, il tourne la tête, puis disparaît sous une souche.

Toute tremblante, je m'éloigne et m'assieds sur un rocher pour me remettre de mes émotions.

– Je passe le premier ? propose José. Tu sais que j'ai l'œil pour ces bêtes-là !

– C'est d'accord !

Le jaguar et mon petit frère viennent de me sauver la vie.

6
La case abandonnée

Nous progressons depuis plusieurs heures. Plus nous avançons, plus cela devient difficile. Les arbres se sont resserrés. Désormais, nous nous déplaçons à travers une végétation touffue.

Il faut sans cesse baisser la tête, s'accroupir, escalader des arbres renversés par la tempête de cette nuit, écarter les feuillages, le tout sous les assauts des taons et des punaises buveuses de sang.

Je marche de nouveau devant. Avec le coupe-coupe, je tranche les racines des arbustes. De fortes odeurs flottent dans la forêt, le parfum des orchidées se mêle aux senteurs de la terre détrempée.

Une autre odeur persiste, acide, pénétrante, celle du jaguar. Le fauve est là, près de nous, se cachant dans les fourrés. Il est devenu notre protecteur, comme celui de la légende.

Bientôt, je repère un sentier naturel qui monte en pente douce. Je m'y engage. Mais José est épuisé, il n'en peut plus. Il se laisse tomber à même le sol.

– Continue toute seule, j'abandonne ! me lance-t-il, découragé.

– On ne peut pas s'arrêter maintenant. Personne ne viendra nous chercher ici !

Il regarde en direction du fleuve.

– Si au moins on avait une barque ! s'exclame-t-il.

Pauvre José ! Il se tasse sur lui-même, vaincu par le désespoir. Je ne sais pas comment lui redonner du courage. Il faut que je le fasse réagir à tout prix. Je m'assieds près de lui et le prends doucement par l'épaule.

– Allez, viens ! Papa a besoin de nous !

Il refuse de bouger.

Je me redresse, ne sachant plus quoi faire. À bout de nerfs et de fatigue, je frappe violemment dans un balisier avec le coupe-

coupe. La lame affûtée tranche un paquet de feuilles géantes.

Je découvre alors en contrebas une sorte de petite clairière. Un peu plus loin se dresse une case sur pilotis. Amarrée à la berge, une barque flotte dans le courant.

C'est incroyable ! Je brandis la lame au-dessus de ma tête et hurle de joie.

– La voilà, ta barque, petit frère !

– Quoi ? s'écrie José en se relevant.

Il se dirige vers le canot d'un pas assuré, l'examine sous toutes les coutures.

– Il est impeccable !

Pendant ce temps, je m'approche de la case, le fusil à la main.

– Il y a même des rames, dit José. Un vieux fusil rouillé et une boîte de munitions !

– Elles sont encore bonnes ?

Il sort une cartouche de la boîte métallique.

– Comme neuves !

La porte de la case est fermée mais des lianes ont soulevé le toit de palmes. J'appelle :

– Il y a quelqu'un ?

– Tu vois bien qu'il n'y a personne, ici ! me rétorque José d'un air moqueur.

Je commence à gravir l'échelle lorsque l'un des poteaux soutenant la case émet

un sinistre craquement. Je sens le sol se dérober sous mes pieds…

Et je tombe parmi les planches de la cahute, qui s'effondre violemment dans un nuage de poussière. Une pièce de bois me heurte l'épaule, et je me retrouve par terre, couverte d'un flot d'insectes blancs qui grouillent sur mes vêtements.

Dégoûtée, je secoue rageusement mon T-shirt pour m'en débarrasser.

– Des… des termites !

Je me relève péniblement, l'épaule endolorie. Machinalement, je jette un coup d'œil à l'intérieur de ce qui reste de la case. Je frémis : le squelette momifié d'un homme enveloppé dans des vêtements déchirés paraît me sourire.

Je m'enfuis en courant et rejoins mon petit frère.

Celui-ci est en train de gratter le sable de la plage.

– Tu crois que c'est le moment de jouer ?

Il me répond avec un grand sourire :

– J'ai déniché des œufs… On a notre repas de ce soir !

J'examine sa trouvaille. Un frisson me glace le sang. Je hurle :

– C'est la ponte d'un caïman. La femelle est capable de défendre son nid jusqu'à la mort. Filons d'ici !

José blêmit ; il enfourne à toute vitesse une dizaine d'œufs dans son sac et nous bondissons dans la barque.

7
Au secours !

Assise à l'arrière, je pousse sur la rame pour diriger la barque entre les branchages qui encombrent le fleuve. José s'est accroupi à l'avant. Il m'indique les dangers qui se présentent à nous. Mon petit frère et moi, nous avons repris courage.

Il est tard. Les rayons du soleil rasent les flots tumultueux tandis que des nuages menaçants grossissent au-dessus de nos têtes.

La nuit tombe très vite sur la jungle, et

naviguer dans l'obscurité devient périlleux. D'un commun accord, nous décidons de nous arrêter. J'observe le rivage et repère un promontoire rocheux niché dans la végétation. C'est l'endroit idéal pour construire un abri.

– On s'arrête là.

À peine ai-je prononcé ces mots qu'une averse s'abat sur nous. Les gouttes acérées crépitent dans la barque. Je n'entends

même plus la voix de José. Je me dirige rapidement vers la berge pour nous mettre à couvert.

La pluie s'arrête aussi subitement qu'elle a commencé, laissant dans l'air une odeur de bois pourri et de terre détrempée. Au moment où je pose le pied dans l'eau, José s'exclame :

– Regarde là-haut ! Le jaguar !

À travers le feuillage, je distingue les

larges ocelles noires de son pelage. La présence du fauve me rassure.

Nous tirons notre barque sur la berge.

– Nous ne sommes plus très loin de l'ancien campement des forestiers, dis-je.

– Je vais chercher du bois sec pour faire cuire les œufs ! me propose José.

– Et comment comptes-tu allumer un feu ?

Mon petit frère a réponse à tout :

– Avec la poudre d'une cartouche et deux bonnes pierres pour faire l'étincelle…

– Bravo !

Mon estomac gargouille depuis un bon moment. Les œufs de caïman grillés, c'est vraiment délicieux !

José s'enfonce dans le sous-bois.

Pendant ce temps, je prépare notre abri. Maintenant, j'ai l'habitude.

Finalement, avec tout ce qui nous est arrivé, on ne s'en sort pas trop mal dans le genre « apprentis Robinsons ». Il faut dire que papa nous a appris beaucoup de choses sur l'univers de la jungle. Je pense à maman. La pauvre, elle doit être morte d'inquiétude !

Un cri me fait sursauter.

José apparaît à la lisière de la forêt. Il se tient la main et marche en titubant. Son visage est pâle comme s'il avait rencontré le diable.

Je me précipite vers lui.

– Qu'est-ce que tu as ?

– Mon doigt… Une bête m'a piqué…

Il me regarde, anxieux.

– Quelle bête ?

– J'arrachai l'é... l'écorce d'un arbre...

– Une guêpe ? Un scorpion ?

– Je... je crois que c'est un mille-pattes !

Une scolopendre... Sa piqûre est plus dangereuse que celle d'une mygale ! De sa main valide, José s'accroche à mon épaule. Il lève les yeux vers moi. Ses doigts ont doublé de volume. Le venin va lui paralyser le bras. Et puis... et puis... J'avale ma salive. Je le fais asseoir.

La sueur dégouline sur son front et sur ses tempes. Il a du mal à respirer. Ses yeux luisent de fièvre. Le poison fait déjà son effet !

– Je ne... ne veux... pas mourir, Manuela !

Je ne dois surtout pas paniquer !

– Papa, se lamente José. Il... il connaît les plantes qui guérissent.

– Je sais. Papa aurait frotté la plaie avec

des feuilles. Et il t'aurait guéri... Je te promets de te sortir d'affaire !

Comment sauver mon petit frère ? Je dois vite trouver un moyen !

Tandis que j'essaie de réfléchir à toute vitesse, une ombre se découpe dans la végétation. La peur me serre la gorge. S'agit-il du jaguar ? Je veux en avoir le cœur net. J'avale une bonne goulée d'air, ramasse le fusil et pointe le canon devant moi. Je pénètre dans la forêt.

Deux pupilles brillent dans la pénombre. Un grognement sourd me parvient.

José se redresse.

– Le jaguar ! marmonne-t-il d'une voix nouée.

Il est là, devant moi. Je recule, me rapprochant de José. Le fauve s'allonge sur son flanc gauche à distance respectable et ne bouge plus.

José s'adosse à un arbre.

– J'ai compris, Manuela. Il veut me pro-

téger pendant que
tu vas chercher…
du… du secours.
Vas-y ! Il ne m'at-
taquera pas.

– Je te laisse
quand même le
fusil !

Le vent du soir
se lève, un vent frais
qui remonte le cours du
fleuve. On entend des rires
puis des voix portées par les bourrasques à
travers l'épais rideau végétal. J'installe mon
petit frère sur un matelas de feuilles de
balisier, le fusil entre ses jambes. Confiant,
il me sourit faiblement. Son front est
bouillant.

Le jaguar n'a pas bougé. Il redresse la
tête quand je m'approche de lui.

– Merci pour ton aide. Je… je vais partir,
maintenant.

Mon ventre se serre quand je passe à sa hauteur. L'animal fouette le sol de sa longue queue. Il semble m'ignorer. Mais c'est plus fort que moi, j'ai peur qu'il ne bondisse brusquement dans mon dos. Je ressens soudain une furieuse envie de courir. Je fais quelques pas et me retourne.

Il est toujours là, allongé calmement sur le flanc.

8
Prisonnière !

J'arrive très vite en vue des baraque-
ments. Une dizaine d'hommes en treillis
militaire sont installés autour d'un grand
feu. Ils discutent tout en buvant. Les
flammes illuminent le campement.

Le cœur battant, je sors de la forêt et
je franchis les quelques mètres qui me
séparent d'eux. Je sais que je me jette dans
la gueule du loup, mais je n'ai pas le choix.
Je dois sauver mon petit frère !

Le fleuve est à quelques mètres. Leur bateau est accosté à un ponton de bois. L'homme à barbe grise qui le pilotait quand papa a été enlevé m'aperçoit.

– On a de la visite, les gars !

Mon cœur cogne très fort.

– Je… Nous… nous sommes perdus, et mon petit frère a été piqué par une scolopendre.

– Ton petit frère ? demande le barbu. Et où est-il ?

L'homme se lève en posant la main sur la crosse du revolver qui pend à sa ceinture. Des hennissements me parviennent d'un ancien hangar situé près du fleuve, dont il ne reste que la charpente. Je discerne Branco et Volta, attachés à une longe. Nos deux autres poulains sont couchés dans la pénombre.

Je lâche sans réfléchir :

– Les… les poulains !

L'homme me saisit brutalement par l'épaule :

– Tiens, tiens… On dirait que tu connais ces bestiaux ! Je me trompe ?

Me voilà prise au piège. J'essaie de me dégager mais je reçois un coup violent en pleine figure. Je m'écroule. Un goût de sang se répand dans ma bouche. Je murmure :

– Papa…

J'entends des éclats de rire. On m'attache les poignets et l'on m'entraîne dans le hangar près des poulains. Peu à peu, je reprends mes esprits. Où est papa ? A-t-il réussi à s'enfuir ?

Je n'ai pas été à la hauteur et je m'en veux. José est en train de mourir. Tout s'embrouille dans ma tête.

Je cherche à me débarrasser de la corde qui me scie les poignets, mais le nœud est trop serré. Jamais je ne réussirai à m'évader. José a besoin de soins le plus vite possible. J'éclate en sanglots.

Malgré moi, la fatigue me gagne. Je lutte contre le sommeil. Les moustiques ne cessent de bourdonner à mes oreilles. Qu'importe ! Je continue de tirer de toutes mes forces sur la corde, essayant de dégager mes poignets. La peau me brûle.

Autour du feu, les hommes ne cessent de rire et de boire. J'entends les vrombissements d'un moteur qui couvre les bruits de la forêt.

Une pirogue s'arrête près du ponton. Trois hommes en descendent.

– C'est Emiliano da Silva et Jorge Caboclo ! s'écrie l'un des hommes assis devant le feu de camp.

Soudain, un nouveau grondement de moteur couvre les voix. Des lampes-torches très puissantes s'allument d'un coup.

Quelqu'un hurle dans un porte-voix :

– Gendarmerie ! Levez les bras, le camp est cerné !

Les hommes autour du feu s'exécutent sans chercher à se défendre.

Jorge Caboclo et Emiliano da Silva se précipitent vers leur embarcation pour prendre la fuite, mais une vedette de l'armée surgie du fleuve São Francisco braque vers eux le faisceau éblouissant de son projecteur.

L'un des gendarmes pointe son arme vers les fuyards. Le canon de son fusil automatique crache du feu tandis que les balles soulèvent des gerbes d'eau juste devant la pirogue. Les deux hommes lèvent les bras au ciel.

Puis une compagnie de gendarmes investit le campement.

Je vois papa et des hommes du village qui sortent de l'ombre !

Papa accourt vers moi, suivi de notre chien Pinto.

– Ma chérie, ça va ? Ils t'ont frappée !

J'ai à peine la force de lui répondre :

– Papa, José…

Il ôte mes liens et me prend dans ses bras.

– Ne t'inquiète pas pour lui. Il est en sécurité. Nous l'avons trouvé non loin de là, gardé par le jaguar. Une équipe médicale l'a pris en charge. Les effets du venin s'estompent déjà.

– Comment as-tu échappé aux bandits ?

– C'est grâce à Pinto. Il m'a rejoint ici. C'est lui qui m'a délivré. Tu te rends compte ? Ce vieux Pinto ! Il ne voulait pas que je finisse ma vie dans l'une des mines d'Emiliano da Silva ! Nous sommes retour-

nés au village. Quand j'ai vu que vous n'étiez pas rentrés, j'ai chargé le maire d'avertir les gendarmes et je suis reparti à votre recherche avec Pinto.

– Et comment as-tu su que j'étais prisonnière ici ?

– Je t'avais parlé de l'ancien camp des

82

forestiers. Et quand les hommes de Jorge Caboclo m'ont enlevé, je me suis douté que tu essaierais de m'y retrouver !

Papa me serre contre lui en me caressant les cheveux.

– Et les poulains ?

– Ne t'inquiète pas ! Une camionnette les ramènera bientôt au village. Viens, ma chérie, tout est fini. On rentre. José et ta maman t'attendent.

Il me porte dans le 4x4, puis démarre. Les arbres défilent derrière la vitre embuée. Je suis fatiguée mais je me sens bien. José est sauvé ; papa est à côté de moi. Il me tient la main. L'aventure s'achève. Je vais enfin retrouver les miens.

DEUX HÉROS À LA TÉLÉ 9

Assise près de papa, j'écoute la présentatrice de la télé avec une grande attention. « La bande de Jorge Caboclo a été arrêtée hier près de Parama. C'est en partie grâce au courage de deux enfants du village, José et Manuela, que les gendarmes ont pu démanteler ce réseau de trafiquants… »

Je m'exclame :

– Elle exagère ! Ce n'est pas vraiment grâce à nous…

Maman me regarde avec un grand sourire. Elle me serre fort dans ses bras.

– J'ai eu tellement peur pour vous, dit-elle d'une voix tremblante.

– Vous êtes devenus des héros, tous les deux, ajoute papa. Maman et moi, nous sommes très fiers !

– Ouaf, ouaf ! jappe Pinto.

– Tous les trois, j'ai voulu dire, rectifie papa.

Pinto s'allonge à mes pieds, se couche sur le flanc pour que je lui caresse le ventre. Je n'oublie pas de le remercier :

– Mais oui, mon grand, tu nous as bien aidés. Toi et le jaguar.

– Alors, tu crois à cette légende indienne maintenant ? s'étonne papa.

– Oui, sans lui, cette histoire ne se serait pas si bien terminée. Et Emiliano da Silva, dans tout ça ?

– Le chef de la gendarmerie a tout éclairci. Figure-toi qu'Emiliano da Silva était le chef de ces bandits ! Jorge Caboclo volait le bétail pour lui. Et Emiliano da Silva exigeait que les villageois lui remboursent ses pertes. Ainsi, il s'enrichissait doublement à nos dépens et nous obligeait à travailler toujours plus dur pour se remplir les poches.

– Je comprends. Mais pourquoi t'ont-ils enlevé ?

– Sur la plage, en les voyant, j'ai compris qu'ils étaient nos voleurs de bétail. Nous nous sommes battus et l'un d'eux m'a plaqué au sol, faisant partir le coup de feu que vous avez entendu, ton frère et toi. Ils auraient pu me tuer ; mais ils ont dû penser que je ferais un bon mineur ! Alors ils m'ont embarqué de force. Emiliano da Silva est désormais devant les juges. Il se pourrait qu'il passe les prochaines années de sa vie derrière des barreaux.

Ce matin, la vie a repris son cours. J'entre doucement dans la chambre. José

se repose dans son hamac. Il dort paisi-
blement, la main droite enveloppée dans
un énorme bandage.

Alors que je m'apprête à quitter la
chambre sur la pointe des pieds, mon petit
frère se redresse :

— Je préfère quand tu me réveilles
comme ça ! Tu vas voir les poulains ?

— Pas seulement les poulains. J'ai
entendu le jaguar, cette nuit...

— Je viens avec toi ! s'écrie-t-il en des-
cendant de son hamac.

— Je vous accompagne, décide papa.

Papa marche devant, un bâton à la
main.

— Ça va aller, José ? demande-t-il.

— Tout va bien, papa ! J'ai hâte de voir
nos protégés.

Nous voilà bientôt sur le sentier qui
mène au plateau des ananas. Un iguane
des forêts nous regarde, puis se coule à

l'abri des feuillages. Pinto chasse les papillons, comme d'habitude.

Soudain, un grognement nous alerte.

– C'est… c'est lui ! Le jaguar est venu à notre rencontre ! s'exclame José.

Je le cherche des yeux. Je lève la tête : il est là, allongé sur une branche basse, et nous observe. Pinto aboie.

Tous les quatre, nous le contemplons avec émotion.

– Il est magnifique ! s'exclame José.

D'un bond, le jaguar saute. Ses pattes avant amortissent la chute. Il se redresse, balance sa lourde tête, puis nous regarde une dernière fois avant de disparaître dans les profondeurs de la jungle.

FIN

**Si tu as aimé ce livre,
tu peux lire d'autres histoires
dans la collection « 100 % aventure ».**

Qui se cache derrière la reine noire ?
de Michael Morpurgo

Qui veut la peau de Bello Bond ?
de Thomas Brezina

Le mystère de Greenwood
de Malika Ferdjoukh